Carin Reiterer

AF208846

100

Augen-Blicke

(1. Band)

Carin Reiterer Verlag

Die Deutsche Bibliothek - CIP-Einheitsaufnahme

Ein Titeldatensatz für diese Publikation ist bei
Der Deutschen Bibliothek erhältlich.

Originalausgabe

Copyright© 2001 by Carin Reiterer
Umschlaggestaltung: Carin Reiterer
Satz: Carin Reiterer
Printed in Germany

ISBN 3-9807755-1-8

Herstellung: Books on Demand GmbH

Leben ist eine Melodie

Das Leben ist eine Melodie
mal in Dur und mal in Moll gespielt
mal voller Haß und wieder verliebt
mal klar und wieder verspielt

Das Leben ist eine Melodie
mal voller Euphorie, mal voller Melancholie
sie hat einen Anfang und ein Ende
nimm sie in Deine Hände

Du kannst sie fröhlich oder traurig spielen
Du mußt sie aber als solches akzeptieren
denn auch wenn es manchmal nicht so scheint...
sie wird in sich immer stimmig sein

Dein Leben ist eine Melodie
nach Deinen eigenen Noten gespielt
Dein Leben ist eine Melodie
-Spiele sie, denn ändern kannst Du sie nie!

Der besondere Tag

Manchmal
steht das Leben still
obwohl man das gar nicht will
und man fragt
ob sich jemals etwas ändern mag
manchmal
verändert sich das Leben
an einem einzigen Tag
-nicht gewollt, nicht geplant-
so ging es mir, als ich Dich traf

Es war der Tag
an dem ich alle Pläne verwarf
es war der Tag
an dem Du in mein Leben tratst
dieser Tag veränderte mein Leben
hat ihm eine neue Richtung gegeben
vorher wußte ich nicht
wohin
jetzt weiß ich ganz sicher
wer ich bin

Tag X

Tag X-
ich fürchte Dich
und kann Dich kaum erwarten
ich bin ungeduldig
und kann es kaum ertragen

Tag X-
ich kann Dir nicht entkommen
bin Dir schon oft nur knapp entronnen
ich lauf', Du holst mich trotzdem ein
denn Du wirst immer schneller sein

Tag X-
ich sehne Dich herbei
denn durch Dich werde ich endlich frei
es mag sein, daß ich Dich hasse
und doch Angst hab', daß ich Dich verpasse

Tag X-
auch wenn ich versuche zu verschwinden
Du wirst mich überall auf dieser Welt finden
es ist soweit, mein Herz bleibt steh'n
und doch werde ich Dir aufrecht entgegengeh'n

Worte über Worte
-ich rede ununterbrochen
und werde doch still
wenn es darum geht
was ich wirklich sagen will

Worte über Worte
-belanglos und kühl
doch innerlich aufgewühlt
wenn es darum geht
was ich wirklich für Dich fühl'

Worte über Worte
-ich verstecke meine Unsicherheit
hinter gespielter Gleichgültigkeit
und einem unnahbaren Wesen
-Kannst Du denn nicht zwischen den Zeilen lesen?

Worte über Worte
-immer ehrlich und offen
und doch so verschlossen
schau mich einfach an
-Dann fühlst Du, was ich Dir nicht sagen kann!

Die Zeit heilt alle Wunden

Die Zeit heilt alle Wunden
zugefügt in schweren Stunden
irgendwann sind sie vernarbt
und man vergißt, daß es sie gab

Die Zeit heilt alle Wunden
ich fühlte mich mit Dir mal so verbunden
das war in einer anderen Zeit
heute ist eine Narbe alles, was davon bleibt

Die Zeit heilt alle Wunden
heute habe ich die Narbe kaum gefunden
und sie bricht auch nicht wieder auf
Du bist nur noch ein Abschnitt in meinem Lebenslauf

Die Zeit heilt alle Wunden
zugefügt in schweren Stunden
irgendwann sind sie vernarbt
und man vergißt, daß es sie gab

Fatal

Ich habe einen Stein
ins Rollen gebracht
den ich nicht aufhalten kann
ich bin angetan von diesem Mann
ich kann den Stein nicht aufhalten
auf seinem Weg ins Tal
es ist
fatal

Ich habe einen Felsbrocken
ins Rollen gebracht
den ich nicht aufhalten kann
ich bin fasziniert von diesem Mann
ich kann den Felsbrocken nicht aufhalten
auf seinem Weg ins Tal
es ist
fatal

Ich habe eine Lawine
ins Rollen gebracht
die ich nicht aufhalten kann
ich bin besessen von diesem Mann
ich kann die Lawine nicht aufhalten
auf ihrem Weg ins Tal
es ist
fatal

Sanfte Gewalt

Halt Dich bereit
möglichst bald
denn nichts wird sie aufhalten
meine sanfte Gewalt

Du siehst nicht
was ich sehe
das macht nichts
laß es einfach mit Dir geschehen

Nur Sanftmut
wird auf Dauer nichts bringen
man muß Dich auch ein bißchen
zu Deinem Glück zwingen

Und ehe mein Ruf nach Dir
ungehört verhallt
benutze ich lieber
meine sanfte Gewalt

Liebesgedicht

Ich möchte für Dich
das schönste Liebesgedicht
der Welt
schreiben
da nur dies
Dir gerecht würde
doch es ist auch
eine große Bürde
da die
Ansprüche
an mich selbst
immer höher werden

Ich möchte für Dich
das schönste Liebesgedicht
der Welt
verfassen
und fürchte doch
ich werde es
nicht schaffen
es ist viel zu schwer
für mich
deshalb sage ich
einfach nur
ich liebe Dich

Nichts ist unmöglich

Traurig
und
fröhlich
nichts ist unmöglich-
Es gibt vieles,
was kein anderer sähe!
Ich bin glücklich,
denn Du bist
in meiner Nähe!

Langweilig
und
vergnüglich
nichts ist unmöglich-
Es gibt vieles,
was ich gerne täte!
Ich bin glücklich,
denn Du bist
in meiner Nähe!

Verwerflich
und
löblich
nichts ist unmöglich-
Wie kommt es,
daß ich mich nicht mehr quäle?
Ich bin glücklich,
denn Du bist
in meiner Nähe!

Ein Stück

Voller Trauer
und doch
voller Freude
jeden Tag aufs Neue-
Doch was nützt
all das Reden?
Komm
und begleite Du mich
ein Stück meines Weges!

Voller Verzweiflung
und doch
voller Hoffnung-
Auf Verständnis
hofft man meistens
vergebens!
Komm
und begleite Du mich
ein Stück meines Lebens!

Ein Stückchen

Du kannst Dich
noch nicht entscheiden
für immer
bei mir zu bleiben
das lasse ich nicht gelten
denn ich werde Dir dabei helfen
und wenn wir den Schritt
zusammen wagen
werde ich Dich auch
ein Stückchen tragen

Du hast Dich
noch nicht entschieden
mich für immer
zu lieben
das kann ich nicht akzeptieren
denn ich werde Dich ein bißchen führen
und wenn wir den Schritt
zusammen wagen
werde ich Dich auch
ein Stückchen tragen

Gegenteil

Du hast mir
Liebe geschworen
doch
Du hast mich
verloren
ich zerreiße die Kette
mit der Du mich fesseln willst
weil Du damit doch nur
das Gegenteil erzielst

Du hast mir
Treue geschworen
doch
Du hast mich
verloren
ich zerbreche den Ring
mit dem Du mich an Dich binden willst
weil Du damit doch nur
das Gegenteil erzielst

Nur Du

Nur Du
gibst mir so viel
und
spielst kein Spiel
meine Welt ist
nicht mehr grau
sondern bunt
denn Du läßt mich
lachen
und
weinen
zur selben Zeit
und
ohne Grund

Nur Du
kannst meine Tränen
ungeschehen
machen
denn
während
ich
weine
muß
ich
auch
schon
wieder
lachen

Nur Du
kannst die Gegensätze
in mir
vereinen
bringst mich
zum Lachen
und
zum Weinen
und wenn
ich glaube
daß kein Glück
mehr käme
lache ich dennoch
unter Tränen

Nur Du
kannst die Gegensätze
neu
entfachen
bringst mich
zum Weinen
und
zum Lachen
Was hast Du nur
mit mir gemacht?
Ich habe nie zuvor
so viel geweint
und
so viel gelacht!

Ich würde Dir alles glauben

Kopf in den Wolken
und
Sternchen in den Augen
ich würde Dir
alles glauben
was Du je
von Dir gibst
zum Beispiel
daß es für Dich
keine andere gibt
und
daß Du mich
für immer liebst

Wahrheit oder Lügen
Treusein oder Betrügen
ich kann es nicht
unterscheiden
und
vertraue
uns beiden
denn mit dem
Kopf in den Wolken
und den
Sternchen in den Augen
würde ich Dir
sowieso alles glauben

Sternchenaugen

Du redest
und ich höre Dir
gebannt zu
Du redest
und es läßt mir
keine Ruh'
Du schaust mich an
und kannst es kaum glauben
ich habe schon wieder
Sternchenaugen

Sternchenaugen
drücken ohne Worte aus
was ich Dir nicht sagen kann
Sternchenaugen
drücken ohne Worte aus
was ich Dich nicht fragen kann
Sternchenaugen
können Dir jedoch nichts versagen
denn sie wissen die Antwort
auf Deine Fragen

Ich rede
und Du hörst mir
gebannt zu
ich rede
und es läßt Dir
keine Ruh'
Du schaust mich an
und kannst es kaum glauben
ich habe schon wieder
Sternchenaugen

Kleine Sternschnuppe

Kleine Sternschnuppe
sie bedeutet mir
so unendlich viel
doch ich habe Angst
sie zu verlieren
sie darf nicht
einfach so
aus meinem Leben verschwinden-
Hilfst Du mir,
meine
kleine Sternschnuppe
wiederzufinden?

Kleine Sternschnuppe
ich denke immerzu
an sie
denn ich bin verliebt
wie noch nie
ihren Verlust
könnte ich
niemals verwinden-
Hilfst Du mir,
meine
kleine Sternschnuppe
wiederzufinden?

1000 kleine Funken

Du schaust in meine Augen
ganz versunken
denn in ihnen leuchten
1000 kleine Funken
nur für Dich
heute und hier
und sie fliegen lachend
von mir zu Dir

Du schaust in meine Augen
ernst und dunkel
doch in ihnen leuchten
1000 kleine Funken
nur für Dich
wieder und wieder
und sie springen lachend
auf Dich über

Gestern und heute

Was ist nur
mit mir geschehen?
Ich kann die Welt
nicht mehr verstehen!
Gestern wußte ich kaum
wer ich bin
und heute gehst Du mir
nicht aus dem Sinn

Was ist nur
mit mir geschehen?
Ich kann die Welt
so gut verstehen!
Gestern wußte ich kaum
wer Du bist
und heute ahne ich
was Liebe ist

Überflüssig

Jedes Wort wäre zuviel
um Dir zu sagen
was ich wirklich
für Dich fühl'
es wäre einfach müßig
denn jedes Wort ist überflüssig
und kannst Du es
nicht glauben
schau ganz einfach
in meine Augen

Jedes Wort wäre zuviel
um Dir zu sagen
was ich wirklich
von Dir will
ich bin der vielen Worte überdrüssig
denn sie sind ganz einfach überflüssig
und kannst Du es
nicht glauben
schau ganz einfach
in meine Augen

Ohne Worte

Ich sende Dir
meine Botschaften
ohne Worte
ganz einfach
von Herz zu Herz
ich hoffe
Du fängst sie auf
verstehst sie richtig
und machst
das Beste daraus

Ich sende Dir
meine Liebeserklärungen
ohne Worte
ganz einfach
durch Augenblicke
aus freien Stücken
fängst Du sie auf
verstehst sie richtig
und machst
das Beste daraus

Verpaßte Gelegenheit

Wir begegneten uns
und schauten uns an
und ich dachte
das sei der Anfang
doch dann war es
auch schon wieder vorbei
und heute ist es
einerlei

Es ist mir
schon so oft passiert
daß man sich sofort wieder
aus den Augen verliert
und ich denke
ohne Bitterkeit
an eine weitere
verpaßte Gelegenheit

Abendstunden

Ich liebe
die Abendstunden
frei von Zwängen
in ihnen kann ich
meinen Träumen
nachhängen
ich lasse
den Tag
Revue passieren
ohne Angst
mich in Erinnerungen
zu verlieren

Ich liebe
die Abendstunden
ich würde sie gerne
verlängern
ohne die Nacht
zu verdrängen
ich werde
es
probieren
ohne Angst
mich selbst
zu verlieren

Ich hab' Dich so lieb

Ich hab' Dich so lieb
bitte bestrafe mich nicht
wie einen Dieb
wenn ich Dir
etwas von Deiner
kostbaren Zeit stehle
und meine Absicht
auch erst gar nicht verhehle

Ich hab' Dich so lieb
bitte verurteile mich nicht
wie einen Dieb
wenn ich mir
etwas von Deiner
kostbaren Zeit nehme
weil ich Dir auch etwas
von mir zurückgebe

Traurigkeit

Du fragst mich
ob meine Traurigkeit
mit der Liebe
zu einem Mann
zu tun hätte
nein
hat sie nicht
oder doch
ich weiß es nicht
also frag mich nicht

Du fragst mich
ob meine Traurigkeit
mit der Liebe
zu einem Mann
zu tun hätte
und ahnst nicht
daß ich weiß
daß Du weißt
daß Du selbst
dieser Mann bist

Festgenagelt!

Du hast
einmal gesagt
daß Du mich
nie verläßt
und darauf
nagel' ich Dich
fest!

Du hast
einmal versprochen
daß Du bei mir bleibst
auch wenn der Regen mich durchnäßt
und darauf
nagel' ich Dich
fest!

Und wenn Du
dies heute bereust
gebe ich Dir
den Rest
denn
ich nagel' Dich
auf all das fest!

Hürden

Das Leben
stellt mir
Hürden
in den Weg
und
je
länger
ich vor
ihnen
stehe
desto
höher
und
unbezwingbarer
erscheinen
sie
mir

Der Kampf
gegen
sie
wird immer
aussichtsloser
und
hoffnungsloser
je
länger
ich vor
den
Hürden
stehe
desto
größer
wird die Wahrscheinlichkeit
daß ich den Kampf verlier'

26

Probleme

Ich rede
über die
Probleme
anderer Leute
engagiert
und
gut in Form
bin ich heute

Meine
Gesprächspartner
sind blind
und sehen nicht
daß es in Wahrheit
meine eigenen
Probleme
sind

Vergangenheit

Ich denke

an

unsere

Vergangenheit

und werde

traurig

dabei

wo ist

sie

geblieben

unsere

gemeinsame

Zeit

Erinnerung

Zwei kleine Mädchen
die immer
zusammenhalten
und gemeinsam
ihr Talent
entfalten
das war
in einer
anderen Zeit
Erinnerung ist alles
was davon
bleibt

Unsere Kinderträume
sind ausgeträumt
alle Schubladen
sind aufgeräumt
wir waren immer zusammen
und unglücklich ohne einander
das war
in einer
anderen Zeit
Erinnerung ist alles
was davon
bleibt

Durcheinander

Du bringst
mein Leben
ganz
durcheinander

Du bringst
mein Leben
ganz schön
durcheinander

Du bringst
mein Leben
schön
durcheinander

Ich will DICH!

Ich will das haben
was ich eigentlich
nicht sagen kann

Ich will das haben
was ich eigentlich
nicht wagen kann

Ich will das haben
was ich eigentlich
nicht ertragen kann

Ich will das haben
was ich eigentlich
nicht vertragen kann

Ich will das haben
was ich eigentlich
nicht haben kann

Ich will DICH!

Viel

Wo
viel Haß
ist
war
auch
einmal
viel Liebe

vor langer Zeit...

Leicht, nicht leicht, schwer, am schwersten

Es war leicht
mich in Dich zu verlieben
es war nicht leicht
Dich nicht mehr zu lieben
es ist schwer
Dich zu hassen
doch am schwersten ist
Dich gehenzulassen

Rosarote Brille

Ich sehe
in die Welt
und meine Brille
ist rosarot
bist Du
mein Leben
oder
bist Du
mein Tod

Ich sehe
in die Welt
und meine Brille
ist rosarot
ich liebe
Dich
einfach so
und
wider dem Verbot

Auf Zeit

Wir lieben uns
auf Zeit
und entfliehen
unserer Einsamkeit
für einen
kurzen Augenblick
doch diese Momente
kehren nie zurück

Wir lieben uns
auf Zeit
und gehen dabei
viel zu weit
eines Tages
blicken wir zurück
auf diese Momente
gestohlenen Glücks

Alles oder vieles

Ich kann Dir
alles sagen
ohne Dir
alles sagen zu müssen

Vieles
sage ich
nicht mit Worten
sondern mit Küssen

Ich darf Dir
alles sagen
und kann es
auch lassen

Vieles
was ich für Dich fühle
kann ich mit Worten
gar nicht erfassen

DU!

Du bist
schwach und stark
an jedem
neuen Tag

Du bist
laut und leise
immer auf
Deine Weise

Du bist
ernst und froh
und heiter
sowieso

Du bist
einfach DU
-und ich mochte Dich
im Nu!

Was würde ich tun?

Was würde
ich tun,
wenn Du mich
all das
tun ließest,
was ich
wirklich
möchte?

Ich würde
alle Schatten
verjagen
und mir
mit Dir
alle Nächte
um die Ohren
schlagen!

Gute Frage

Auf Deine Frage,
was ich wirklich
von Dir will,
antworte ich im Nu:
Ich will Deine Tage-
und Deine Nächte noch dazu!

Gefühlskalt

Ab heute
mache ich
vor Dir
halt
denn Du bist
gefühlskalt
und ich
weiß
daß ich Dich
lieber verlier'
als daß ich
neben Dir erfrier'

Es ist eine
andere Welt
die mit Deiner
zusammenprallt
denn Du bist
gefühlskalt
und ich
weiß
daß ich nicht
gerne ausharre
bis ich
neben Dir erstarre

Gebrochenes Herz

Du hast nie
gehalten
was Du
versprochen hast

aber eigentlich
hast Du
gar nichts
versprochen

und gerade deshalb
hast Du
mein Herz
gebrochen

Einer oder keiner!

Einer
bringt mich
zum Lachen
und
zum Weinen
keiner
kann solche Sachen
bejahen
und
verneinen
alles in einem
neben ihm
haben es
andere schwer
denn
keiner
ist so wie er
nur
einer
-und das ist er!

Einer
läßt mich
meine
Probleme
vergessen
keiner
kann sich
jemals
mit ihm
messen
nie im Leben
neben ihm
haben es
andere schwer
denn
keiner
ist so wie er
nur
einer
-und das ist er!

Verliebt

Ich weiß gar nicht
wie mir geschieht
ich habe mich
Hals über Kopf
in Dich verliebt
und dabei
meinen Kopf verloren
nun bin ich
in Dich verliebt
bis über beide Ohren

Ich habe mich
in Dich verliebt
bis über beide Ohren
und dabei
meinen Kopf verloren
nun bin ich
Hals über Kopf
in Dich verliebt
und weiß gar nicht
wie mir geschieht

Widersprüchlichkeit

Du bist ein
widersprüchlicher Mensch
jung und alt
heiß und kalt
albern und ernst
ich hab' Dich so gern
ich fühle
eine nie gekannte
Zärtlichkeit
denn ich liebe Dich
mitsamt Deiner ganzen
Widersprüchlichkeit

Du bist ein
widersprüchlicher Mensch
erst hab' ich mich
daran gewöhnt
jetzt hab' ich mich
damit versöhnt
ich bin endlich
für Dich
bereit
denn ich liebe Dich
mitsamt Deiner ganzen
Widersprüchlichkeit

Verzaubert

Es ist kaum zu glauben
Du hast mich verzaubert
ich bin nicht mehr
die Frau
die ich einst war
und
fühle mich dabei
so wunderbar
ein Märchen
wurde wahr
und alles ist schöner
als es jemals war

Es ist kaum zu glauben
Du hast mich verzaubert
ich erkenne mich
nicht mehr wieder
und
gewinne Dich
von Tag zu Tag
lieber
an Märchen
habe ich nie geglaubt
doch Du hast mir
alle Zweifel geraubt

Sonnenstrahl

Du bist ein
Sonnenstrahl
der das Eis
nicht tauen kann

Du bist ein
Sonnenstrahl
dem man
nicht trauen kann

Du bist ein
Sonnenstrahl
auf den man
nicht bauen kann

Du bist ein
Sonnenstrahl
den man
nur anschauen kann

Du bist ein
Sonnenstrahl
der keine Wärme gibt
...weil Du mich nicht liebst

Wintersonne

Du bist
eine Wintersonne
so schön
und
so kalt
weil mein Ruf
nach Dir
ungehört verhallt

Du bist
eine Wintersonne
schön
anzuseh'n
und
doch
so eiskalt
wie Schnee

Immer wieder neu

Ich verliebe mich
immer wieder
neu
auch wenn ich es
immer wieder
bereu'
und mir schwöre
dies war
das letzte Mal
denn Hochmut
kommt mal wieder
vor dem Fall

Ich verliebe mich
immer wieder
neu
und bleibe
mir selbst
nicht treu
denn nach
furiosem
Start
falle ich
nicht weich
sondern hart

Immer und immer wieder

Ich verliebe mich
immer und immer
wieder
und werde dessen
nicht müde
auch wenn ich
ein jedes Mal
wieder
enttäuscht werde
und doch
die Hoffnung
niemals
aufgebe
solange
ich lebe

Ich verliebe mich
immer und immer
wieder
doch es wird
mit jedem Mal
schwieriger
immer
wieder
enttäuscht zu werden
und doch
die Hoffnung
niemals
aufzugeben
nie
im Leben

Zu Dir oder zu mir?

Ich träume mich
zu Dir
und ist das
nicht möglich
träume ich Dich
zu mir
das ist genauso
vergnüglich

Der Wind

Träume
kann
der Wind
verwehen
doch
die Erinnerung
kann
auch
er
nicht nehmen

Die Erinnerung
an Dich
ist
unvergänglich
und
so
wie
auch
der Wind
unendlich

Zu tief

Ich habe
zu tief
in Deine Augen
geschaut
und bin
dadurch
mehr und mehr
aufgetaut
jetzt schmelze ich
dahin
und weiß kaum noch
wer ich bin

Ich komme nicht von Dir los

Ich komme nicht
von Dir los
meine Liebe ist
zu groß
meine Gefühle sind
zu tief
die Zeit mit Dir ist
zu intensiv

Ein Licht

Ich habe
viele Fehler begangen
jetzt ist mir
ein Licht aufgegangen
ich habe Dich
schon immer geliebt
und bin so froh
daß es Dich gibt

Zart und zerbrechlich

Unsere Gefühle
sind noch zu
zart
und
zerbrechlich
um darüber zu sprechen
sag einfach nichts
schau nur in mein Gesicht
und laß uns sehen
was geschieht
wenn man
sich verliebt

Liebeskummer

Liebeskummer-
Du denkst
es ginge nicht mehr weiter
Dein Leben
würde nie mehr
fröhlich
und
heiter

Doch
eines Tages
wachst Du auf
und alles ist
wie es
vorher war
Dein Lebensmut
ist wieder da

Neue Liebe

Gegen Liebeskummer
hilft nur
eine neue Liebe
auch wenn man dies
am liebsten vermiede
nach einer Enttäuschung
aber die Hoffnung
bleibt
daß
die neue Liebe
den alten Schmerz
vertreibt

FÜR DICH!

Mein Herz
meine Seele
meine Träume
meine Tränen
meine Freude
meine Probleme
mein Glück
mein Pech
meine Liebe
mein Leben

FÜR DICH!

Stärke und Schwäche

Schau in mein Gesicht
ich habe
eine
Schwäche
für Dich
ich zeige
sie
Dir
und
eine nie gekannte
Stärke
erwacht
in mir

Ich verberge es nicht
ich habe
eine
Schwäche
für Dich
und
wirst Du
bei mir verweilen
kannst Du
Stärke
und
Schwäche
in mir vereinen

So wie ich

Ich stehe zu Dir
was auch kommt
ich halte zu Dir
was Du auch tust
was Du auch nicht tust
verlier nie den Mut
und glaub an Dich
so wie ich

Ich lasse Dich niemals fallen
was auch kommt
ich liebe Dich am meisten von allen
was Du auch tust
was Du auch nicht tust
verlier nie den Mut
und glaub an Dich
so wie ich

Deinetwegen

Deinetwegen
kann ich
nicht mehr
essen
und
nicht mehr
schlafen
Deinetwegen
kann ich
nicht mehr
nehmen
sondern
nur noch
geben
Deinetwegen
lebe ich
Dein Leben

Deinetwegen
lache
und
weine
ich
zur selben Zeit
Deinetwegen
bin ich
zu allem bereit
und
würde
Dir
wirklich alles
vergeben
Deinetwegen
lebe ich
Dein Leben

Versprochen

Du hast
versprochen
mich anzurufen
doch gehört
habe ich nichts

Du hast
versprochen
mir zu schreiben
doch gelesen
habe ich nichts

Jetzt reicht es mir
ich warte nicht mehr
auf ein Zeichen von Dir
und Du kannst bleiben
wo Du bist

Zu spät

Heute rufst
Du mich an
doch nun
ist es
zu spät
denn
der Wind
hat
sich
gedreht

Heute schreibst
Du mir
doch
es ist
zu spät
wenn
Liebe
in
Haß
umschlägt

Liebe auf den ersten Blick

Liebe
auf den ersten Blick
ich habe nicht gewußt
daß es sie wirklich gibt

Du hast mich
eines Besseren belehrt
und ich hoffe
Du bist es auch wert

und hältst
was Du versprichst
sonst stehe ich mal wieder
vor dem Nichts

Ich habe nicht gewußt
daß es sie wirklich gibt
Liebe
auf den ersten Blick

Nicht gleichgültig

Wenn ich Dich
nicht
lieben
kann
muß ich Dich
hassen
ich kann Dich
nicht
in Ruhe lassen
denn gleichgültig
bist Du mir
nicht

Schmerzlich und doch herzlich

Ich
möchte
die ganze Welt
umarmen
aber da dies
nicht geht
-an sich
 schmerzlich-
umarme
ich
DICH
-aber dafür
 herzlich!

Der Sinn

Unsinn
oder
Eigensinn
her
und
hin
hin
und
her
leicht
oder
schwer
Du gibst
meinem Leben
erst
einen Sinn
-DEINEN Sinn!

Vor Dir

Seit es Dich
für mich gibt
weiß ich
ich war
noch nie
vor Dir
wirklich
verliebt

Ich will...

Ich will
mit Dir
lachen
und
mit Dir
weinen
ich will
mit Dir
träumen
und
unsere Träume
vereinen

Ich will
Deine ganze Liebe
nehmen
und Dir
meine ganze Liebe
geben
ich will
mit Dir
auf Wolken schweben
ich will
mit Dir
leben

Wunder Liebe

Ich glaube an
Wunder
in leichten
und
in schweren
Stunden
und wenn mir
nichts mehr bliebe...
Du bist
mein Wunder
mein Wunder
Liebe

Ich glaube an
Wunder
wir
sind
immer
miteinander verbunden
und wenn ich
alle Zweifel vertriebe...
Du bist
mein Wunder
mein Wunder
Liebe

Wunderbar

Es gibt
Wunder
hoffentlich
werden
auch meine
wahr
dann ist
das Leben
wieder
wunderbar

Die größte Liebe

Die größte Liebe
ist diejenige
die unerfüllt
bleibt
weil nur dann
das Leben
die Sehnsucht
nicht vertreibt

Wo Liebe ist

Ich bin nicht
immer bei Dir
doch Deine Wege
führen zu mir
such mich dort
wo immer Du
mich fühlst
Du wirst
mich finden
wenn Du wirklich
willst
und
wenn Du Dir
unsicher bist
such mich dort
wo Liebe ist

1000 Tränen

In mir
sind
1000 Tränen
die ich nie
geweint
habe

ungeweint
bleiben
sie
in mir
und
machen
mein Leben
so schwer

Kopf

Du hast mir
den Kopf
verdreht
und
jetzt
ist alles
zu spät
ich kann
nicht mehr
länger
warten
komm
und
rück mir
den Kopf
wieder
gerade

Irgendwann

Irgendwann
fängt das
Vergessen an

Irgendwann
werden mir die Tage
nicht mehr lang

Irgendwann
schaue ich Deine Bilder
nicht mehr an

Irgendwann
denke ich
nicht mehr an Dich

Irgendwann
konzentriere ich mich
wieder auf mich

Irgendwann
vergesse ich
Dich

Eines Tages

Eines Tages
ist mein Leben
nicht mehr
schwer

Eines Tages
ist mein Leben
nicht mehr
leer

Eines Tages
fehlst
Du mir
nicht mehr

Freudentränen

Als Du
fortgingst
habe ich
geweint

Wenn Du
wiederkommst
werde ich
weinen...

...aber diesmal
werden es
Freudentränen
sein!

DICH!

Ich spiele
auf der
Klaviatur
der Gefühle
und sehe
das
Spiegelbild
meiner Seele
ich spiele und spiele
und sehe
DICH!

Alles

Ich kann alles für Dich tun
wenn Du mich nur läßt
ich lasse Dich los
und halte Dich fest
ich nehme Dir alles
und gebe Dir den Rest
ich lasse Dich gehen
und beiße mich an Dir fest

Doch ich muß Dir etwas sagen
eines kann ich nicht ertragen
-das Gefühl, nicht mehr alles tun zu können,
 sondern tun zu müssen
verspiel nicht unser Glück
laß mich gehen, dann komme ich auch zurück
nimm mir nicht meine Freiheit
und ich gehöre Dir auf Lebenszeit

Ich kann alles für Dich sein
wenn Du mich nur läßt
der einzige Mensch
der Dich nie verläßt
ich stehe zu Dir, ohne zu fragen
an guten und an schlechten Tagen
und wenn Du alles verlierst
bleibe ich bei Dir, was auch passiert

Doch ich muß Dir etwas sagen
eines kann ich nicht ertragen
-das Gefühl, nicht mehr alles sein zu können,
 sondern sein zu müssen
verspiel nicht unser Glück
laß mich gehen, dann komme ich auch zurück
nimm mir nicht meine Freiheit
und ich gehöre Dir auf Lebenszeit

Freund

Du gibst mir mehr
als Du zurückverlangst
Du machst mir Mut
und nimmst mir die Angst
Du baust mich auf
und machst mich stark
mehr, als alles andere
im Leben vermag

Du tust
was jeder andere versäumt
Du glaubst an mich
und bist mein Freund
Du läßt mich nie im Stich
so unbequem das manchmal auch ist
ich verlasse mich auf Dich
und weiß, Du enttäuschst mich nicht

Ich möchte Dir mehr geben
als ich geben kann
ich werde es versuchen
mein Leben lang
wenn Du willst
bleibe ich für immer bei Dir
wir gehören zusammen
gestern, morgen, heute und hier

Filmreif

Oft kompliziert
und
niemals leicht
-unsere Liebesgeschichte
ist ganz einfach
filmreif

Oft gebunden
und
dennoch frei
-unsere Liebesgeschichte
ist ganz einfach
filmreif

Oft hart
und
trotzdem weich
-unsere Liebesgeschichte
ist ganz einfach
filmreif

Oft arm
und
gleichzeitig reich
-unsere Liebesgeschichte
ist ganz einfach
filmreif

Mit Dir

Ich könnte mich
an Dich gewöhnen
es ist
mit Dir
wie im Film
nur schöner

Du gehörst zu mir
für die nächsten Jahre
es ist
mit Dir
wie im Märchen
nur wahrer

Unsere Zeit
wird immer herrlicher
es ist
mit Dir
wie im Traum
nur ehrlicher

Ich hoffe
ich mache es verständlicher
es ist
mit Dir
wie im Buch
nur lebendiger

Du bist...

Du bist
das Lied
das ich immer
singen wollte

Du bist
der Traum
den ich immer
erzwingen wollte

Du bist
das Buch
das ich immer
schreiben wollte

Du bist
der Mensch
bei dem ich immer
bleiben wollte

Kennst Du das Gefühl?

Kennst Du das Gefühl,
die Zeit
anhalten zu wollen?

Kennst Du das Gefühl,
einen Moment
festhalten zu wollen?

Kennst Du das Gefühl,
einen Augenblick
innehalten zu wollen?

So geht es mir,
wenn Du
in meiner Nähe bist...

Öffne Dich!

Öffne Deine Augen
und schau mich an
wir beide wissen genau
das Spiel fängt an

Öffne Deine Arme
und halt mich fest
ich bin der Mensch
der Dich niemals verläßt

Öffne Dein Herz
und laß mich hinein
in Freude und Schmerz
werde ich stets bei Dir sein

Öffne Deine Augen
und schau mich an
Du siehst in mir
wie das Spiel begann

Ohne Ende und über alles

Ich liebe Dich
ohne Ende
und
über alles

Ich liebe Dich
und gerate nicht
in falsche Hände
ich liebe Dich ohne Ende

Ich liebe Dich
immer und nicht nur
im Fall des Falles
ich liebe Dich über alles

Ich liebe Dich
ohne Ende
und
über alles

Ich sage es Dir...

Ich sage es Dir
ich schreibe es Dir
ich schreie Dich an
und habe Spaß daran
-ich liebe Dich
 nicht mehr!

Ich sage es Dir
laut oder leise
wie Du es gerne hättest
oder auf meine Weise
-ich liebe Dich
 nicht mehr!

Du fragst...

Du fragst
ob ich
wütend sei
auf Dich
das bin ich
nicht
jedenfalls
nicht sehr
...ich liebe Dich
   ganz einfach
   nicht mehr!

Du fragst
ob ich
enttäuscht sei
von Dir
das bin ich
nicht
jedenfalls
nicht sehr
...ich liebe Dich
   ganz einfach
   nicht mehr!

Unbekannter

Ich betrachte Dich
ganz in mich
versunken...
Was hat uns
mal verbunden?
Ich kann mich
nicht erinnern
und habe
keinen blassen Schimmer
was es war

Wenn ich Dich
heute sehe
und
neben Dir gehe
bist Du ein
Unbekannter
der nicht zu meinem Leben gehört
weil er es zerstört
so wie
es immer war

Fremder

Fremder...
ich sehe Dich zum ersten Mal
und doch ist mir
als würde ich Dich
mein Leben lang kennen
ich möchte mich von Dir
nicht mehr trennen
warum fühle ich mich mit Dir
so verbunden
ich weiß
wir haben uns
gesucht
und
gefunden

Fremder...
Du darfst nicht
einfach
wieder aus
meinem Leben
verschwinden
wo werde ich Dich
wiederfinden
wir haben uns
schon immer gekannt
und betreten doch
völlig neues Land
hier ist
meine Hand

KIND

Daß es so etwas
noch gibt
einmal im Leben
bedingungslos geliebt
zugedeckt am Abend
mit Liebe
aufgewecht am Morgen
mit Liebe
geborgen
ohne Angst
vor morgen
und
niemals allein
bitte
laßt
mich
wieder
KIND
sein

DANKE

Ihr haltet
zu mir
ohne zu
fragen
an guten
und
an schlechten
Tagen

Ihr verzeiht
mir
immer
und
alles
nicht nur
im Fall
des Falles

Ihr erzieht mich zu
Nehmen
und
Geben
und
schenkt mir
mehr als einmal
mein Leben

DANKE

Mutterliebe

Ich schrie
weinte
und warf
mit Porzellan

Als ich fertig war
saß sie da
und klebte
die Scherben

Vaterliebe

Ehrgeizig
knallhart
unbestechlich
unbeugsam

...mit diesem
 riesengroßen Herzen
 für
 mich

Geliebter

Du locktest mich
mit schönen Versprechen
und wolltest
doch nur
meine Seele
zerbrechen

Du wolltest Dir
mein Vertrauen
erschleichen
doch Dich selbst
konntest Du nicht
erweichen

Ich glaubte
daß nun alles
gut sein müßte
und sah nicht
daß der Tod
mich küßte

Geliebter
ich bin Dir
knapp entronnen
und meinem Schicksal
mit letzter Kraft
entkommen

Sehnsucht

Ich habe eine Sehnsucht in mir
die ich nicht beschreiben kann
ich trage eine Sehnsucht in mir
die ich nicht vertreiben kann
sie lebt in mir
solange ich lebe
und führt mich zu demjenigen
den ich liebe

Sehnsucht in der Not
Sehnsucht ohne Verbot
-Führt sie mich
  zu Dir
  an einen geheimen Ort
  oder
  ohne Umwege
  direkt zum Tod?

Ich habe eine Sehnsucht in mir
die mir das Herz zerreißt
ich trage eine Sehnsucht in mir
die uns noch mehr zusammenschweißt
sie liebt in mir
solange ich liebe
und führt mich zu demjenigen
für den ich lebe

Trennung

Leben
heißt
Trennung
von
Fremden
und
Freunden
von
Sehnsüchten
und
Träumen

Leben
heißt
Trennung
von
Dir
und Liebe
loslassen können
auch
Dich
aber vergiß
mich nicht

Abschied

Leben
ist
ein langer Abschied
von Menschen
und
von Dingen
die
einem
liebgeworden
sind
ein Abschied
vom Alter
von der Jugend
und
vom Kind

Letzten Endes
ist jeder allein
und jedes
Leben
wird
ein langer Abschied
sein
ein Abschied
auf Raten
ein Abschied
mit verdeckten Karten
ein Abschied
von Nehmen und Geben
ein Abschied
vom Leben

Die Stimme

Du läßt in mir
eine Stimme erklingen
die ich nie gehört habe
die ich zerstört habe
lange bevor Du
sie entdecktest
und mit Deiner Kraft
zum Leben erwecktest
ich weiß
sie gehört zu mir
und führt
mich doch zu Dir
nun ist sie so klar
wie nie zuvor
und geht ganz sicher
nie wieder verlor'n

Es ist die Stimme des Kindes
das ich einst war
es ist die Stimme einer alten Frau
fern und doch so nah
es ist die Stimme der Vergangenheit
ohne Raum und Zeit
es ist die Stimme, die auf die Zukunft baut
fremd und doch so vertraut
es ist die Stimme der Träume
die ich geträumt habe
es ist die Stimme der Dinge
die ich versäumt habe
es ist die Stimme der Menschen
die ich geliebt habe
es ist die Stimme des Lebens
das ich gelebt habe